AF329666

# L'AN 1840,

## OU

## QUI VIVRA VERRA,

### COMÉDIE ÉPISODIQUE,

DE MM. DELESTRE-POIRSON, BRAZIER ET MÉLESVILLE.

*Représentée, pour la première fois, à Paris, sur le Théâtre des Variétés, le 29 Décembre 1817.*

PRIX: 1 FR. 25 CENT.

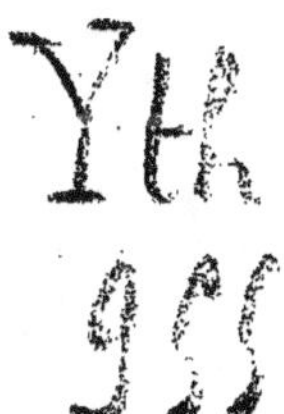


## A PARIS,

Chez Mme L'ADVOCAT, au Cabinet Littéraire, Galerie de Bois, au Palais-Royal.

ET chez BARBA, Libraire, Galerie Vîtrée.

1818.

| PERSONNAGES. | ACTEURS. |
|---|---|
| M. DE VIEUX-BOIS. | M. *Bosquier.* |
| M. DUMONT. | M. *Tiercelin.* |
| NICOLE. | M<sup>me</sup>. *Vautrin.* |
| GERMAIN. | M. *Odry.* |
| LEDOUX, Procureur. | M. *Léonard.* |
| PRUDENT, Médecin. | M. *Blondin.* |
| HÉLOISE. | M<sup>me</sup>. *Baroyer.* |
| HENRIETTE. | M<sup>lle</sup>. *Pauline.* |
| SAINT-ERNEST. | M. *Cazot.* |

*La Scène se passe dans une Maison de Campagne, à une lieue de Paris.*

NOTA. — L'idée de cette Pièce nous a été fournie par un article fort piquant, qui a paru en 1816, sous le titre de *Journal de Paris du 1<sup>er</sup>. Juin 1840.* Il fait partie du charmant Recueil de M. de Rougemont, intitulé *le Rôdeur.*

*Tous les Exemplaires seront signés de la main du Libraire.*

# L'AN 1840,

## ou

## QUI VIVRA VERRA.

*Le Théâtre représente un Appartement, avec deux Cabinets latéraux.*

## SCENE PREMIERE,

### NICOLE, *seule.*

Onze heures passées ! et Germain n'arrive pas. Je tremble que nos deux amis ne descendent... Voilà leur chocolat prêt... Oh ! quelle bonne odeur ! Ils vont joliment se régaler pour leurs étrennes. C'est pas l'embarras, on ne se douterait guère ici que c'est le jour de l'an.... Depuis que not' maître s'est retiré du monde avec son vieil ami..... leurs habitudes sont changées, et moi j'ai vingt-trois ans de plus.

AIR : *Vaudeville des Petits Savoyards.*

C'était en l'an dix-huit cent seize
Que j'entrai chez Monsieur d'Vieux-Bois ;
J'avais dix-sept ans et six mois.,
Et j'étais encore un peu niaise.
Au jour de l'an , je me souvenons
Que toujours not' maître en cachette,
M'donnait autant d'baisers que de bombons ;
Mais à présent il m'en souhaite.

## SCENE II.

### NICOLAS, GERMAIN.

GERMAIN, *entr'ouvrant la porte du fond.*

St!.... st!.... Nicole!

#### NICOLE.

Entre donc, il n'y a personne. (*Il entre*). Eh bien! voyons,
dis-moi vîte ce que tu as fait?

#### GERMAIN,

Oh! un instant s'il vous plaît, Mademoiselle, commen-
çons par le commencement: un jour comme aujourd'hui,
permettez-moi d'abord de vous la souhaiter bonne et heureuse..... j'espère que je suis le premier.

#### NICOLE.

Je le crois bien, puisqu'il n'y a que toi ici qui puisse....

#### GERMAIN.

Ah! laisse donc, le vieux père Dumont est un gaillard encore vert, et je suis sûr qu'il y a des jours où il se repent
d'être venu s'enfermer avec notre maître, dans c'te solitude
où je vivons comme quatre Robinson; je vous demande un
peu, à une lieue de Paris, sur la rivière de Bièvre, si l'on
ne se croirait pas dans quelqu'île déserte du Canada ou de
la Sibérie.

#### NICOLE.

Allons, finis tes jérémiades, et dis-moi où en sont les
choses?

#### GERMAIN.

Ah! j'ai joliment couru toujours, depuis six heures que
je suis parti.

#### NICOLE.

Mais il n'y a pas pour plus d'une demi-heure de chemin
d'ici à Paris.

#### GERMAIN.

Je sais bien, mais une fois arrivé là...., cherche!

#### NICOLE.

Comment?

#### GERMAIN.

Dam! t'entends bien que depuis le premier janvier 1818,

que M. de Vieux-Bois, notre maître, furieux contre sa famille, et M. Dumont, trahi par sa prétendue, sont venus
s'enfermer dans cette petite maison, il a diablement coulé
d'eau sous le pont Marie.

#### NICOLE.

Eh bien?

#### GERMAIN.

Eh bien!... eh bien! il y a vingt-trois ans que j'avais vu
Paris..... je ne m'y reconnaissais plus.... Ah! mon dieu,
comme c'est changé, comme c'est changé!....

#### NICOLE.

Oh, Germain! conte moi donc tout ça?

#### GERMAIN.

Air : *On dit que je suis sans malice.*

Aux quatr' coins de c'te ville immense,
On voit des greniers d'abondance,
Des hospic's pour les malheureux .
Et plus un' seul' maison de jeux.
N'y a plus de bureaux de loterie....
Enfin, chose presqu'inouie,
J'n'ai pas r'counu l'Palais-Royal,
Tant il a pris un air moral.

#### NICOLE.

Pas possible.

#### GERMAIN.

C'est comme je te le dis..... Un jour comme celui-ci, j'é-
tais à même d'observer bien des choses..... je voyais le monde
aller et venir.... ça ne ressemble en rien au jour de l'an
de 1818.

*Même air.*

On ne fait plus de simagrées,
On n'vend plus d'amandes plâtrées,
On n'fait plus dire aux p'tits enfans
Des bêtis's pour des complimens.
Et chos', dont tu s'ras étonnée,
C'est qu'en s'souhaitant la bonne année,
Chacun, dans ce jour de bonheur,
A l'air de s'embrasser d'bon cœur.

#### NICOLE.

Miséricorde, quels changemens! Je ne m'étonne plus que
tu sois resté si longtemps.

### GERMAIN.

Je ne serais pas encore revenu..... mais ma foi je me suis
lancé, j'ai pris un fiacre.

### NICOLE.

Un jour de l'an, c'est difficile à trouver.

### GERMAIN.

Pas du tout, ils étaient tous sur la place.... je n'osais pas
monter dedans ; figure toi qu'en 1840, ils ont tous des voi-
tures propres, des chevaux excellens, et qu'ils sont honnêtes..... honnêtes.....

### NICOLE.

Les chevaux ?....

### GERMAIN.

Non, les cochers. Me voilà donc emballé. Cocher, je vous
prends à l'heure.—C'est bien, Mr.—Rue des Prêtres St.-Ger-
main-l'Auxerrois, no. 20. Nous roulons et nous y voilà.....
J'ouvre les yeux, je vois une grande rue bien large, bien
propre ; je demande madame Carré, la belle-sœur de notre
maître, je m'acquitte de ma commission..... De là, je me fais
voiturer chez M. Jacquinot, à la Chaussée d'Antin, et chez
M. Roberville, au Marais ; mais juge de mon étonnement,
figure-toi que la Chaussée d'Antin est maintenant déserte à
faire trembler, et qu'au Marais c'est une activité, un bruit...
enfin, c'est égal, me voilà revenu de mon voyage, et je suis
content. Il va trouver du changement dans sa famille.... Ses
parens seront joyeux de le revoir.... Ah ça ! il ne se doute de
rien, n'est-ce pas ?

### NICOLE.

Non ; il va se lever.... Il ne faut pas qu'il sache que tu es
sorti.

### GERMAIN.

Ah ! ben oui, est-ce que je n'ai pas pris mes précautions.
Ah ! ah ! not' maître, vous ne vous souvenez plus qu'en ve-
nant vous enfermer ici..... vous me dites en ricannant : je
ne veux plus voir personne qu'en 1840. Eh bien ! nous nous
en souvenons, et nous y v'là.

### NICOLE.

J'entends quelqu'un.... C'est Monsieur.

### GERMAIN.

Je vais toujours lui mettre sur sa table le journal d'aujour-
d'hui.... cette surprise-là va le préparer aux autres.

*(Germain et Nicole se tiennent à l'écart.)*

## SCENE III.

**LES MEMES, VIEUX-BOIS, DUMONT,** *descendant chacun de leur côté.*

**DUMONT,** *courant dans les bras de Vieux-Bois.*

Eh ! bonjour, Vieux-Bois.

### VIEUX-BOIS.

Ah ! je voulais être le premier , mais c'est égal.

AIR : *Quand on est mort, c'est pour longtemps.*

> Mon cher Dumont , embrassons-nous.
> Enfin , l'année
> Est terminée.
> Dans trente ans encor , puissions-nous
> Goûter un plaisir aussi doux !
> Lestes , contens
> Et bien portans ,
> Nous ignorons ce qu'on fait à la ronde ;
> Loin des méchans ,
> Des importans ,
> Tous nos momens
> Sont remplis d'agrémens.
> Soir et matin ,
> Le verre en main.
> Chanter tous deux une joyeuse ronde,
> Boire et dormir,
> Sans réfléchir ;
> Est-il au monde un meilleur avenir ?

ENSEMBLE. {

**VIEUX-BOIS.**
Mon cher Dumont, etc.

**DUMONT.**
Mon cher Vieux-Bois , etc.

### VIEUX-BOIS.

Comme le temps passe ! déjà en 1840. Il me semble que j'étais encore hier en 1817.

### NICOLE *et* GERMAIN.

Ces Messieurs veulent-ils bien recevoir......

### DUMONT.

C'est juste. (*Ils prennent la main de Germain et de Nicole et leur donnent leurs étrennes*). Ce sont nos vieux compagnons d'exil.... Eh bien! ils ne se sont pas ennuyés un moment avec nous.

GERMAIN.

Oh! c'est-à-dire.....

VIEUX-BOIS.

Comment ?

GERMAIN.

C'est-à-dire au contraire..... Tous les jours voir couler l'eau, pêcher des goujons dans la rivière de Bièvre, et jouer au mariage avec Nicole..... est-ce qu'on peut s'ennuyer ?

DUMONT.

Allons, à déjeûner.

NICOLE.

Vous êtes servis, Messieurs, et je crois que vous serez contens du chocolat ; mais je vous préviens que voilà la provision qui s'avance.

VIEUX-BOIS.

Dam, depuis le temps.... tout finit par s'user..... Sois tranquille, ma chère Nicole, on y pourvoira.

GERMAIN, *se frottant les mains.*

Oui, oui, l'on y pourvoira, s'il plaît à Dieu, et plutôt que plus tard... V'nez déjeûner, mam'selle Nicole. (*Il emmène Nicole*).

---

# SCENE IV.

### VIEUX-BOIS, DUMONT.

DUMONT.

Voilà une époque, mon cher Vieux-Bois, qui me rappelle bien des choses.... C'est à pareil jour que mon ingrate Héloïse !.....

VIEUX-BOIS.

Et à moi donc, ma ridicule famille..... Allons, allons, laissons cela, et déjeûnons. (*Il aperçoit le journal*). Eh! mon Dieu! que vois-je? un journal. (*Il lit*). Journal de Paris du 1er. janvier 1840.

**DUMONT.**

Un journal! Vieux-Bois, je vous ordonne, au nom de l'amitié, de ne pas le lire.

**VIEUX-BOIS.**

Puisque le voilà..... autant.....

**DUMONT.**

Voilà comme tu tiens ta promesse.

AIR : *Vaudeville de Fanchon.*

Parce que tout le monde
Te trompait à la ronde,
Tu t'exilas
Et t'enfermas?
Dis-nous à quoi tu songes,
D'aller, par un destin fatal,
Toi, qui crains les mensonges,
Lire encore un journal?

**VIEUX-BOIS.**

Laisse-donc, c'est un journal de 1840.

**DUMONT.**

Je le parie, que cette première infraction au traité, nous portera malheur.

**VIEUX-BOIS**, *continuant.*

Bah! bah! (*Il met ses lunettes*). « Paris, ce 1er. janvier
» 1840. Les dignitaires, les officiers de toutes armes, ont
» été admis à présenter leurs hommages au Roi, à l'occasion
» de la nouvelle année; Sa Majesté, malgré son grand âge,
» jouit de la meilleure santé; elle a travaillé deux heures avec
» ses ministres. »

AIR : *J'apprends qu'un jeune prisonnier.*

Comment, au déclin de ses ans,
Ce bon Louis travaille encore,
Et prodigue ses soins touchans
A tout un peuple qui l'honore!
Imitant ses nobles aïeux
Jusques au terme de sa vie,
Ses derniers jours, ses derniers vœux,
Seront encor pour la patrie.

**DUMONT**, *vivement.*

Continue, mon ami, continue.

**VIEUX-BOIS.**

Oh! oh! voyez-vous le curieux à présent.

#### DUMONT.

Voyons un peu la littérature.

#### VIEUX-BOIS , *lisant.*

« L'Académie française continue toujours son diction-
» naire avec la plus grande activité ; on vient de terminer
» la lettre F. »

#### DUMONT.

Peste, ils vont bien, en 1817 ils n'en étaient encore qu'à
l'E. Vieux-Bois, les théâtres, mon ami?..... j'étais un ama-
teur dans mon temps. Si tu nous avait vu, Héloïse et moi,
aux Baignoires, nous étions au paradis , je puis le dire.

#### VIEUX-BOIS , *lisant.*

« Théâtre Français. Les Deux Gendres et la Jeunesse de
« Henri V. »

#### DUMONT.

Hum ! ça doit commencer à vieillir, mais c'est toujours
joli.

#### VIEUX-BOIS , *continuant.*

« Ces deux pièces ont attiré hier une affluence extraor-
» dinaire, mais l'ordre était parfaitement établi, et la salle
» n'était pas pleine avant que les bureaux fussent ouverts.
» Il n'y a pas eu un chapeau perdu , pas un schall dé-
» chiré. »

#### DUMONT.

Ah!.... à la bonne-heure, au moins. J'y ai perdu un claque.

#### VIEUX-BOIS , *lisant.*

Suivons, suivons. « Ces deux ouvrages ont été joués avec
» un ensemble parfait, chacun des acteurs semblait chercher
» à faire valoir son camarade ; Michelot, dont le talent est
» dans toute sa perfection, a enlevé tous les suffrages. »

#### DUMONT.

Sais-tu qu'il promettait dans le temps ?

#### VIEUX-BOIS.

« Monrose, malgré son énorme corpulence, n'en a pas
» moins diverti l'assemblée par la verve et la gaîté de son
» jeu. »

#### DUMONT.

Comment, son énorme corpulence ! Mais, que diable! si

j'ai bonne mémoire, à son début il était d'une maigreur ef-
frayante.

VIEUX-BOIS.

Dam, mon ami, à présent il a peut-être part entière....
« Lundi, la première représentation d'*Absalon*, tragédie re-
» çue en 1810. »

DUMONT, *riant.*

Ah ! ah! ce pauvre auteur, il paraît que sa pièce est arrivée
à son tour.

VIEUX-BOIS, *lisant.*

« Opéra-Comique.... *Sylvain* et *Joconde* ont réuni la meil-
» leure société... Ce théâtre est aujourd'hui le genre à la
» mode... Il lui est enfin arrivé des chanteurs.

DUMONT.

Il vaut mieux tard que jamais.

DUMONT.

« Le théâtre des Variétés redouble toujours d'efforts pour
» contenter le public.... » C'est comme de notre temps.

DUMONT.

Ah ! tant mieux.... Tu ne te fais pas d'idée comme j'ai été
attaché à ce théâtre-là.... Il y avait là un certain Tiercelin....
Toutes les fois qu'il jouait, je n'y manquais pas, j'étais là.
Était-il caucasse.... Ça doit être mort à présent.

VIEUX-BOIS, *continuant.*

« Toutes les pièces réussissent. »

DUMONT.

Ah! par exemple, ce n'est pas comme en 1817, c'était une
mortalité..... Quelle débâcle !

VIEUX-BOIS.

Quels changemens, mon vieil ami.... Ah ! ça, voyons, le
chocolat refroidit.

DUMONT.

C'est égal, laisse-moi lire l'article des modes.

VIEUX-BOIS.

Oh ! je te reconnais bien là, fripon, tu seras toujours coquet.... Mais déjeûnons.

TOUS DEUX.

AIR : *Montagnes.* (De M. Amédée de Beaupland.)

A table.                              ( *bis.* )
Quel repas aimable
M'attend !
A table.                              ( *bis.* )
Quel jour de l'an !

VIEUX-BOIS.

Oui, du bien qui s'opère en France,
Je crois ressentir l'influence ;
Je ne sais si c'est une erreur,
Mais je trouve sur mon honneur
Le chocolat meilleur.

ENSEMBLE.

A table, etc.

# SCENE V.

## LES PRECEDENS, GERMAIN.

GERMAIN.

Monsieur.

VIEUX-BOIS.

Eh bien! qu'y a-t-il?

GERMAIN.

Il y a là quelqu'un.

VIEUX-BOIS.

Tu sais bien que je ne reçois personne.

GERMAIN.

Monsieur?...

VIEUX-BOIS.

Faut-il te le répéter ?... Il y a assez long-temps que tu observes la consigne... Je t'ai défendu de laisser pénétrer qui que ce soit.

GERMAIN.

Je sais bien, Monsieur.... Qui que ce soit, c'est que ça n'est pas ça ; c'est une demoiselle, Mam'selle Carré.

VIEUX-BOIS.

Mam'selle Carré, ma belle-sœur ! Comment a-t-elle pu savoir ma demeure ?

**DUMONT.**

Mon ami, prends garde à ce que tu vas faire.

**VIEUX-BOIS.**

AIR *de Calpigi.*

Non, non ; c'est une vieille folle ,
Morbleu , je tiendrai ma parole !

**DUMONT**, *parlant.*

Une vieille femme ! ( *Chantant.* )

Bien, du courage , mon ami ,
Il ne faut pas qu'elle entre ici.

**GERMAIN.**

Monsieur , c'est une jeune fille ,
Aussi fraîche qu'elle est gentille.

**DUMONT**, *parlant à Germain.*

Une jeune fille ?

**GERMAIN.**

Dix-sept ans.

**DUMONT**, *à part.*

Dix-sept ans ! ( *À Vieux-Bois finissant l'air.* )

Tu t'attendris, oui je le voi ,
Tu la recevras malgré moi.

( *A Germain.* ) Allons, puisqu'il le veut absolument , fais
la monter.

**VIEUX-BOIS.**

Mais que diable , je n'ai pas dit un mot de cela.... Eh !
mais , attends donc , c'est sans doute la fille de ma belle-
sœur.

**DUMONT.**

Les enfans ne sont pas responsables des sottises de leurs
parens. Allons, je vois ce qui va arriver ; dix-sept ans, figure
charmante, cela ne se refuse pas.... Je rentre dans ma cham-
bre , me faire la barbe , je ne veux pas paraître devant ta
nièce dans une tenue pareille.

**VIEUX-BOIS.**

Toujours coquet, toujours espiègle ; mais , en vérité , je
ne sais ce que je dois faire après avoir tenu ferme si long-
temps.

**GERMAIN**, *malignement.*

Monsieur, si vous saviez comme cette petite demoiselle
est gentille.... « Dites lui que c'est Mademoiselle Carré qui
ne veut que le voir , l'embrasser.... »

**DUMONT.**

Te voir, t'embrasser, cela ne te mène à rien. Moi je vais me raser, parce que, comme dit la chanson, (*il chante.*)

L'homme le plus beau, le mieux fait,
*A besoin de faire sa barbe..*

(*Il entre dans un cabinet.*)

**VIEUX-BOIS,** *à Germain.*

Fais-la entrer.... Mon Dieu, que l'homme est faible!

---

# SCENE VI.

## VIEUX-BOIS, GERMAIN, HENRIETTE, HELOÏSE.

**HENRIETTE.**

Ah! mon Dieu, je suis toute tremblante.

**HÉLOÏSE.**

Rassurez-vous, ma chère Henriette; allons, un peu de courage.

**GERMAIN.**

Mam'selle, v'là M. Vieux-Bois votre oncle.... Dam, vous aurez un peu de peine à le reconnaître, attendu que jamais...

**HENRIETTE,** *timidement.*

Mon oncle....

**VIEUX-BOIS,** *brusquement.*

Approchez, approchez.... (*Il la regarde.*) Diable! il paraît que les figures de 1840 en valent bien d'autres.

**GERMAIN.**

Quand je vous l'disais, not' maître, ça serait un meurtre de repousser une nièce qui a l'air d'un ange de paix, et d'quitter c'monde sans avoir fait sa connaissance.....

**VIEUX-BOIS.**

Allons, va-t-en.

**GERMAIN,** *à Henriette.*

J'vas guetter si vot' cousin le militaire arrive, ainsi que les autres parens. (*Il sort.*)

## SCENE VII.

### VIEUX-BOIS , HENRIETE , HÉLOISE.

**VIEUX-BOIS.**

Enfin , Mademoiselle , c'est donc votre mère qui vous
envoie ?

**HENRIETTE.**

AIR : *Mon Dieu, mon Dieu, comme à c'te fête.*

Mon cher oncle , de votre nièce
Ne repoussez pas la tendresse.
Eh quoi ! si long-temps contre nous
Vous conservez votre courroux.

**VIEUX-BOIS , *à part.***

Quel air décent et discret !....
Vraiment, c'est tout mon portrait.

**HENRIETTE.**

Je ne viens pas pour vous déplaire ;
Mais au nom d'une tendre mère ,
Je dois vous offrir tous nos vœux ;
Pour mes étrennes , je ne veux
Que baiser une main si chère.

**VIEUX-BOIS.**

Des étrennes !... Eh ! mais , c'est moi
Qui devrais en donner , je croi....

( *Henriette veut lui baiser la main , Vieux-Bois la prévient et
l'embrasse.* )

Et voilà que je les reçoi.

**HENRIETTE.**

Oui, mon cher oncle , voilà vingt-trois ans que vous avez
quitté Paris , que vous avez renoncé à votre famille qui pou-
vait peut-être se reprocher quelques torts à votre égard.

**VIEUX-BOIS.**

Comment, ventre-bleu ! quelques torts ! Me disputer un
héritage auquel ils n'avaient aucun droit , me susciter un
procès absurde , me calomnier ouvertement , me peindre
à mes amis comme un avare , un homme dur et sans foi !...
Ah ! vous appelez cela quelques torts !

**HENRIETTE.**

Ils en ont été bien punis , puisqu'ils n'ont osé, jusqu'à ce
jour , se présenter chez vous.

**VIEUX-BOIS , *à part.***

Au fait , je n'ai pas grand'chose à dire à cela. ( *Haut.*) Je n'ai pas besoin de vous demander si votre mère est toujours la même , impérieuse , médisante....

**HENRIETTE.**

Ma Mère !....

AIR : *Au sein d'une fleur tour à tour.*

Je lui dois le peu que je vaux ;
Par ma mère je fus nourrie ;
Je ne lui sais pas de défauts ,
Croyez-en sa fille chérie ;
Et quand elle en aurait , hélas !
Mon devoir serait de me taire ,
Car une fille ne doit pas
Trouver de défauts à sa mère ,

**VIEUX-BOIS , *saluant Héloïse.***

Madame est sans doute la maîtresse du pensionnat où l'on vous a mise ?

**HENRIETTE.**

Madame est l'amie de ma mère , la mienne..... Elle a éprouvé des malheurs , et depuis quinze ans elle ne nous a pas quittées.

**VIEUX-BOIS.**

Des malheurs de fortune ?

**HÉLOÏSE , *soupirant.***

Non , monsieur.... on se console de ces pertes là ; mais les peines de cœur.... Ah ! Dieu ! les peines du cœur !

AIR : *Vaudeville de la Robe et les Bottes.*

Je fus jeune , j'eus le cœur tendre ,
Je payai tribut à l'amour ;
Mais l'ingrat qui sut me surprendre
M'abandonna sans nul retour ,
Jamais je ne pourrai, je gage ,
Me consoler de cette trahison.

**VIEUX-BOIS.**

Vous êtes pourtant dans un âge
Où l'on doit entendre raison.

( *A Henriette.* ) Vous dites que vous n'êtes pas dans un pensionnat ? il me semble pourtant qu'autrefois c'était l'é-ducation du bon ton.

**HÉLOÏSE.**

Monsieur a raison ; je me rappellerai toute ma vie que c'est
dans

dans une de ces maisons respectables que j'ai fait la connaissance du monstre qui m'a trahie.

#### VIEUX-BOIS.

Il est vrai que ça arrivait quelquefois.... et maintenant?...

#### HÉLOÏSE.

Comme les mères ne quittent plus leurs enfans pour cou-
rir au bal ou à la comédie , elles s'appliquent à former leur
esprit et leur cœur : nos jeunes personnes n'arrivent plus
dans le monde avec le goût des plaisirs , de la dépense, des
cachemires.... ; elles donnent tous leurs soins aux détails
d'un ménage ; elles sont des modèles d'ordre et d'économie ;
elles se marient, et l'on n'entend plus parler de séparations de
corps.

#### VIEUX-BOIS.

Comment, ma chère nièce, c'est ta mère qui s'est chargée
elle-même de ton éducation !.... Ah ! ça , voyons, qu'est-ce
que tu sais ?

#### HENRIETTE.

Air : *Tout bas quand on cause* ( du nouveau Pourceaugnac.)

> Je dessine et brode,
> Je chante assez mal ;
> J'ignore la mode
> Et suis peu le bal.

#### VIEUX-BOIS, *à part.*

> De mon temps, oui-dà ,
> Fillette ,
> Jeunette ,
> A cet âge là
> Ne fuyait pas ça.

#### DEUXIÈME COUPLET.

> Que lis-tu , ma chère ,
> Des romans ?...

#### HENRIETTE.

> Oh ! non.
> Je lis Labruyère ,
> J'apprends Fénélon.

#### VIEUX-BOIS.

> De mon temps , oui-dà,
> Fillette ,
> En cachette ,
> A cet âge-là
> N'apprenait pas ça.

Mais dis-moi un peu.

### TROISIEME COUPLET.

Quand un agréable
Te conte, tout bas,
Qu'il te trouve aimable....

#### HENRIETTE.

Je ne l'entends pas.

#### VIEUX-BOIS.

De mon temps , oui-dà ,
Fillette
Coquette ,
A cet âge-là
Entendait bien ça.

( *A part.* ) Eh ! mais la bonne idée ! dix-huit ans , figure charmante, voilà plus qu'il n'en faut pour consoler ce pauvre Dumont. ( *Haut.* ) Ma chère Henriette !

#### HENRIETTE.

Quoi, mon oncle, vous oublieriez votre colère !

#### VIEUX-BOIS.

Ma foi, tu es si gentille !... Tu me parais si bien élevée , que ma sœur gagne beaucoup dans mon esprit.

#### HENRIETTE.

Et vous consentiriez à la revoir aujourd'hui même ?

#### VIEUX-BOIS.

Oui, oui, je la reverrai, puisque tu m'assures qu'elle est raisonnable, je la reverrai.... J'ai certain projet pour ton bonheur, pour le sien....

#### HENRIETTE, *sautant de joie.*

Oh! que ma mère va être heureuse! ( *A Héloïse.* ) Ma chère amie, courons vîte lui porter cette nouvelle.

#### VIEUX-BOIS , *la retenant.*

Non pas, non pas, je te garde....Ecoutez, faisons mieux... puisque je consens à revoir ma sœur, il n'y pas d'inconvé-nient à dîner avec elle ; qu'elle vienne sans rien dire à per-sonne.... Nous dînerons ici; je n'ai avec moi qu'un ami, nous fêterons à nous cinq le jour de l'an, et puis nous ver-rons après.

#### HENRIETTE.

Oh ! l'excellente idée ! ( *A Héloïse.* ) Ma bonne amie, vous avez la voiture en bas, si vous alliez chercher maman tout de suite.

**HÉLOÏSE.**

Volontiers.

**VIEUX-BOIS.**

Mais surtout, je vous recommande le plus grand secret ;
je ne veux pas voir le reste de la famille, au moins.

**HÉLOÏSE.**

Vous ne devez pas douter de ma discrétion.

**VIEUX-BOIS.**

Ah! c'est vrai, j'oubliais... A présent, la discrétion est peut-
être à la mode chez les femmes.... Oui, oui, je vous demande pardon.... Toi, ma chère Henriette, passe dans ce
cabinet, tu y trouveras mon vieux clavecin.

AIR : *Si l'on m'aime, un peu, beaucoup.*

Tu viens de combler mes vœux.
A la gaîté tu me ramènes,
Et dès aujourd'hui, je veux
Te donner tes étrennes.

**HÉLOÏSE.**

Selon votre désir,
Monsieur, je serai discrette ;
Toujours le plaisir
Me rend muette.

ENSEMBLE.

Sa nièce comble ses vœux ;
Henriette adoucit ses peines.
Puissent ses parens heureux
Lui donner ses étrennes.

**HENRIETTE.**

Mon oncle, vous comblez tous mes vœux ;
Ah ! si je puis adoucir vos peines,
Puissent tous vos parens en cés lieux
Vous donner mêmes étrennes.

( *Héloïse et Henriette sortant.* )

---

# SCENE VIII.

**VIEUX-BOIS** *seul, appelant.*

Dumont! Dumont !.... Ce coquin-là ne s'attend pas aux
étrennes que je lui prépare.

# SCÈNE IX.

**VIEUX-BOIS , DUMONT ,** *à moitié rasé.*

**VIEUX-BOIS.**

Arrive donc, mon ami.

**DUMONT.**

Eh ! bon Dieu , tu as pensé me faire couper avec tes cris.

**VIEUX-BOIS.**

Embrasse moi , mon cher Dumont , tu vas être d'une joie....

**DUMONT.**

Tu as donc quelque bonne nouvelle ?

**VIEUX-BOIS.**

Embrasse-moi toujours , te dis-je.

**DUMONT.**

Fais donc attention , j'ai encore la savonnette sur la figure ; avant tout , il faut m'instruire.

**VIEUX-BOIS ,** *à la cantonnade.*

Mais n'oublions pas , Nicole, du poisson , du gibier, des fruits du jardin, tout ce que tu auras de mieux !

**DUMONT.**

Ah çà ! tu me diras peut être à quoi riment ces préparatifs ,... ce *luxe asiatique* inconnu dans ces climats ?

**VIEUX-BOIS.**

C'est pour un repas de noce.

**DUMONT.**

Un repas de noce... Comment, tu te maries ?

**VIEUX-BOIS.**

Dieu m'en préserve ; j'ai été assez tourmenté dans ma vie... Mais c'est toi que je veux marier.

**DUMONT.**

Je te remercie de la préférence.

**VIEUX-BOIS.**

Une petite femme charmante.

**DUMONT.**

Bah !

**VIEUX-BOIS.**

De l'esprit, de la grâce.

**DUMONT.**

Oh !

**VIEUX-BOIS.**

Je viens d'arranger ça.

**DUMONT.**

Et, c'est ?...

**VIEUX-BOIS.**

Ma nièce.

**DUMONT.**

Ta nièce ! allons donc, je serais ton neveu.

**VIEUX-BOIS.**

Oui.... Est-ce que cela ne serait pas drôle ?

**DUMONT.**

Si, mais cette jeune personne...

**VIEUX-BOIS.**

Te convient à merveille.

**DUMONT.**

Ah çà ! mais, et mon Héloïse ?

**VIEUX-BOIS.**

Comment, tu pourrais encore songer ?...

**DUMONT.**

J'avoue mon faible.

**VIEUX-BOIS.**

Tu es trop sentimal.... Allons donc, ton Héloïse doit
avoir, si elle existe encore, ses 45 à 5o ans.

**DUMONT.**

Oni, ça doit bien aller là.

**VIEUX-BOIS.**

Bah ! moi, je t'offre une femme de dix-sept ans, jolie
comme un démon, douce comme un ange... Hum ! fripon,
je t'ai toujours dit que tu étais l'enfant gâté des dames.

**DUMONT.**

En vérité, tu es d'une pétulance.... Tu ne me donnes pas

le temps de me reconnaître.... me voilà marié sans m'en douter.

---

## SCENE X.

### LES MEMES, GERMAIN.

#### GERMAIN.

Eh ! bien, monsieur, en v'là ben d'une autre ; il paraît que votre famille a de la mémoire.

#### VIEUX-BOIS.

Que veux-tu dire ? ma famille....

#### GERMAIN.

Dam ! v'là encore deux messieurs qui vous arrivent.

#### VIEUX-BOIS.

Deux messieurs ?

#### GERMAIN.

M. Ledoux, procureur, et M. Prudent, médecin... J'ai voulu les renvoyer, impossible, ils sont entrés malgré moi.

#### VIEUX-BOIS.

Ah ! la maudite famille !... Non, non, je ne les recevrai pas.          (*Germain sort.*)

---

## SCENE XI.

### LES MEMES, LEDOUX, PRUDENT.

#### LEDOUX, PRUDENT.

Air : *Je te laisse, mon Taconnet.*

Nous accourons en ce moment,
Avec une ardeur sans pareille,
Vous présenter au jour de l'an
Nos vœux et notre compliment.

#### VIEUX-BOIS, *à part.*

Un procureur,
Ah ! quel malheur !
Moi, qui toujours en paix sommeille.

**DUMONT , *à part*.**

Un médecin,
Ah ! quel chagrin !
Moi , qui me portais à merveille.

**LEDOUX , PRUDENT.**

Nous arrivons , etc.

**DUMONT.**

ENSEMBLE,

Ils arrivent en ce moment,
Avec une ardeur sans pareille ,
Te présenter au jour de l'an
Et leurs vœux et leur compliment.

**VIEUX-BOIS.**

Ils arrivent en ce moment,
Avec une ardeur sans pareille ,
Me présenter au jour de l'an
Et leurs vœux et leur compliment.

Qu'est-ce que cela signifie , Messieurs ?

**DUMONT.**

Il est bien singulier qu'on force notre domicile.

**PRUDENT.**

Nous venons embrasser un parent chéri , et notre joie est
bien naturelle.

**VIEUX-BOIS.**

Un parent chéri !.... Chéri si l'on veut.... Enfin , Messieurs,
c'est moi qui suis le parent chéri , et je suis fort étonné que ,
malgré ma défense.... Mais voyons un peu, que je reconnaisse
tout mon monde... Vous êtes M. Prudent , mon cher cousin,
docteur en médecine, je vous remets parfaitement.... Mais ,
Monsieur, je ne me rappelle pas....

**LEDOUX.**

Mon oncle, je suis le fils de M. Ledoux.

**VIEUX-BOIS.**

Ah ! Ledoux , mon beau-frère le procureur... Vous suivez
sans doute la carrière de votre père ?

**LEDOUX,**

Oui , mon oncle.

**VIEUX-BOIS.**

J'entends , j'entends , vous venez voir si je n'ai pas quelque bon procès de famille que l'on puisse embrouiller.

**LEDOUX.**

Fi donc ! Mon cher oncle , loin d'exciter nos cliens à plai-

der, quand nous pouvons arranger une affaire ; voilà maintenant comme nous nous y prenons.

AIR : A 60 ans on ne doit pas remettre.

A deux amis, d'abord, de leur jeune âge,
Nous rappelons les souvenirs touchans.
Pour ramener la paix dans un ménage,
A deux époux nous montrons leurs enfans ;
Pour se haïr, quelques efforts qu'ils fassent,
A les calmer nos soins sont employés,
Et devant nous, quand les plaideurs s'embrassent,
Nous nous croyons toujours assez payés.

VIEUX-BOIS.

Comment diable ! vous arrangez les procès, vous les
prévenez.

LEDOUX.

C'est le devoir de notre profession.

DUMONT.

Mais on ne plaide donc plus ?

PRUDENT.

Si fait, nous n'en sommes pas encore à ce point de perfection.

DUMONT.

Ah çà ! vous dites qu'il y a moins de procès ? On ne voit
donc plus de ces plaideurs intrépides qui occupaient, à eux
seuls, tous les tribunaux de Paris ?

VIEUX-BOIS.

Je me rappelle.

AIR de Marianne.

A leurs parens, à leurs familles,
Jamais, jamais ils ne cédaient ;
Ils procédaient contre leurs filles,
Contre leurs femmes ils plaidaient.
　　Leurs serviteurs,
　　Leurs fournisseurs ;
Bon gré, malgré, devenaient leurs plaideurs ;
　　Ils attaquaient,
　　Ils provoquaient.
　　Pour eux exprès
　　Fut bâti le Palais ;
Et quand, malgré leurs subterfuges,
Les tribunaux les condamnaient,
Pour s'en consoler, ils couraient
Plaider contre leurs juges.

DUMONT.

Mais, avec cela, les tribunaux doivent vaquer douze mois
de l'année.

**VIEUX-BOIS.**

Comment, pas une petite affaire scandaleuse, une plainte
en calomnie !.... Ah ! de mon temps ça se succédait, il fal-
lait voir ; l'une n'attendait pas l'autre ; jusqu'à nos maris qui
n'auraient pas voulu être trompés sans que tout Paris en fût
instruit.

**LEDOUX.**

A qui le dites-vous, mon oncle !.... Mon père me répétait
tous les jours....

AIR *du Calife de Bagdad.*

J'en ai vu, contre leurs compagnes,
Faire dresser procès-verbal ;
J'ai vu trois ou quatre Montagnes
Se rencontrer au tribunal ;
Enfin, j'ai vu jusqu'à Zaïre,
Qui, pour défendre un cachemire,
Vint un jour chanter au palais
Sur le même ton qu'aux Français.

**PRUDENT.**

Nous ne voyons plus de ces petites scènes là , et tout va
mieux qu'autrefois.

**DUMONT.**

Oh ! les médecins guérissent peut-être leurs malades.

**VIEUX-BOIS.**

Parbleu, est-ce que cela se demande.

AIR : *Ces postillons sont d'une mal-adresse.*

Oui, dans mon temps , vous étiez des oracles ,
Vous parliez tous hébreu, grec ou latin,
Vous faisiez partout des miracles :
Aujourd'hui, chaque médecin,
De son talent doit être encor plus vain,
Quand un malade en ses mains ne trépasse,
Je gagerais que dans son noble feu,
A son talent le docteur en rend grâce....

**PRUDENT ,** *souriant.*

Non, mon cousin. ( *Finissant l'air.* )

Il en rend grâce à Dieu.

**DUMONT.**

C'est fort honnête de sa part.... Mais, vous ne droguez
donc plus ?

**PRUDENT.**

Le moins que nous pouvons.

#### DUMONT.

Ah ! mon Dieu, je me souviens de ma goutte de 1815...
Les verres d'eau, les verres d'eau.... en ai-je avalé.

#### PRUDENT.

Moi, qui suis un confrère, est-ce qu'ils ne voulaient pas
m'en faire avaler aussi.

AIR : *Tout le long de la rivière.*

Pour la goutte, certain docteur,
Proclamait l'eau notre sauveur.
Plus de rhubarbe, d'émétique,
Plus de fluide magnétique ;
Grâce à ce remède nouveau,
Ses malades réduits à l'eau,
A peu de frais auraient pu se refaire,
Tout le long, le long de la rivière.

Moi, j'ordonne de bon vieux vin, et je dis à mes malades...

AIR : *Gai, gai, etc.*

Gai, gai, promenez-vous,
Bonne table
Et femme aimable,
Gai, gai ; suivez vos goûts,
Et vous guérirez sans nous.

#### VIEUX-BOIS, *à Dumont.*

Graces à ce changement,
Allons, mon vieux camarade,
On peut devenir malade,
C'est un plaisir à présent.

#### TOUS.

Gai, gai, { Promenez-vous,
         { Promenons-nous,
Bonne table,
Et femme aimable,
Gai, gai, { Suivons vos } goûts.
         { Suivez nos }
Et vous guérirez sans nous.
Ce régime est des plus doux.

---

# SCENE XII.

### LES MEMES, NICOLE, *accourant.*

#### NICOLE.

Monsieur, Monsieur.

#### VIEUX-BOIS.

Qu'est-ce donc encore.... des parens ?

**NICOLE.**

Tout juste , Monsieur.

**DUMONT.**

Ils se sont donné le mot , c'est sûr.

**NICOLE.**

Un capitaine qui a , ma fine , une tournure charmante....
Il se présente avec une grâce.... J'ai voulu l'arrêter , suivant
vos ordres ; il s'est mis à rire ; j'ai persisté, il m'a embrassée
deux ou trois fois ; ma foi je n'ai pas insisté.

**DUMONT,** *bas à Vieux-Bois.*

Décidément, mon cher Vieux-Bois , tu tiens à ce mariage ?

**VIEUX-BOIS.**

Plus que jamais.

**DUMONT.**

Eh bien , mon ami , comme l'entrevue sera décisive , je
vais mettre cet habit.... tu sais bien.... celui qui m'a fait faire
tant de conquêtes.... Je ne l'ai mis que deux fois.

**VIEUX-BOIS.**

A la bonne-heure.... mais dépêche-toi. (*Dumont sort*).

**NICOLE.**

Monsieur , v'là votre neveu l'officier.

---

# SCENE XIII.

## VIEUX-BOIS, SAINT-ERNEST, NICOLE, GERMAIN.

**SAINT-ERNEST** *entrant, à la cantonnade.*

C'est bon, c'est bon, j'entre.

**AIR :** *je serai sage un autre jour.*

Je sais bien qu'il est du bon ton
De se faire annoncer, dit-on ;
Moi, qui de suivre un pareil goût
N'ai garde ,                          ( *bis.* )
Gaîment, j'entre partout
A la hussarde.

**VIEUX-BOIS**, *à part.*

Quel luron ! C'est là mon neveu, le fils de mon frère le colonel.

**SAINT-ERNEST.**

Bonjour, mon oncle.

*Même air.*

Je ne viens pas en ces momens,
Muni de fades complimens ;
Saint-Ernest pour d'autres que vous
      Les garde.             ( *bis.* )
Mon oncle, embrassons-nous
      A la hussarde.

**VIEUX-BOIS**, *l'embrassant.*

Allons, puisqu'il le faut, embrassons-nous à la hussarde.

**SAINT-ERNEST.**

Ce bon oncle !

**VIEUX-BOIS.**

Comment, vous me reconnaissez ?

**SAINT-ERNEST.**

Oui, mais je vous aurais deviné à cette physionomie aimable, certain air de famille ; d'ailleurs, je me souviens très-bien de vous avoir vu chez mon père, à Brevannes ; j'étais bien petit, à la vérité, j'avais tout au plus sept ans.

**VIEUX-BOIS.**

Ah ! je m'en souviens, Fanfan.

**SAINT-ERNEST.**

Fanfan, c'est cela.

**VIEUX-BOIS.**

Ce n'est pas parce que vous êtes mon neveu, mais vous étiez un petit diable.

Air : *De Catinat à St. Gratien.*

J'ai quelques souvenirs confus
Que lorsque j'allais à Brevanne,
Pour monter à cheval dessus,
Vous me preniez toujours ma canne.
Du salon vous faisiez le tour,
Et je disais, l'ame attendrie :
Cet enfant-là doit quelque jour
Servir dans la cavalerie.

**SAINT-ERNEST.**

Vous disiez vrai ; je suis dans les hussards.

**VIEUX-BOIS.**

Dans les hussards !.... Et depuis quand servez-vous ?

**SAINT-ERNEST.**

Depuis dix ans , mon oncle.

**VIEUX-BOIS.**

Et vous êtes ?...

**SAINT-ERNEST.**

Capitaine.

**VIEUX-BOIS.**

Capitaine !... c'est déjà fort joli.

**SAINT-ERNEST.**

Oh *!* je n'en resterai pas là.

AIR : *Amis , jamais l'chagrin.*

Les paroles du roi de France
Doivent vous rassurer , je crois :
Honneur , vertus , talens , vaillance ,
Pour obtenir des grades ou des croix ,
Voilà , voilà quels seront nos droits.
Espérant tout d'un pareil avantage ,
Moi , dans mon Roi je me fie en ce jour.
J'ai de l'honneur , du zèle et du courage ;
Il faudra bien que j'arrive à mon tour.

**VIEUX-BOIS.**

Ah ça ! à présent , puis-je vous demander le motif qui vous a conduit ici ?

**SAINT-ERNEST.**

Comment, mon oncle , est-ce que ce jour ne vous le dit pas ?.... Je viens d'abord remplir un devoir bien cher !

**VIEUX-BOIS.**

C'est fort honnête.

**SAINT-ERNEST.**

Ensuite.....

**VIEUX-BOIS.**

Ensuite ?....

**SAINT-ERNEST.**

Vous dire que j'ai une petite cousine fort jolie.

#### VIEUX-BOIS.

Ça me fait bien plaisir.

#### SAINT-ERNEST.

Qui n'a pas encore dix-huit ans.

#### VIEUX-BOIS.

Je vous en fais mon compliment.

#### SAINT-ERNEST.

Quand vous connaîtrez mon Henriette.....

#### VIEUX-BOIS.

Henriette!.... comment, ce serait!.... Oh! Monsieur, vous pouvez d'avance renoncer à vos vues, j'en ai d'autres sur Henriette.

#### SAINT-ERNEST.

Allons donc, mon oncle, vous avez beau vouloir affecter un ton sévère, je lis dans vos yeux que vous nous unirez; oui, il vous tarde de vous retrouver au sein de vos véritables amis. Il ne me faut pas cinq minutes pour connaître les gens, moi..... je vous ai déjà jugé, et je vois que nous nous conviendrons parfaitement. Vous êtes bon, sensible; moi, je suis franc et sans façon; vous avez votre petit coin de bizarrerie, d'originalité; moi, je suis gai, étourdi, mon humeur joviale vous déridera; j'aime le bon vin, les jolis femmes; dans votre jeunesse, vous étiez un égrillard.... Vous voyez bien que nous sommes faits l'un pour l'autre.

#### VIEUX-BOIS.

Ma foi, monsieur l'officier, on dit que tout est changé en France, le caractère, les mœurs; et si, par malheur, nos militaires.

#### SAINT-ERNEST.

Soyez tranquille.

Air : *Vaudeville de la Vallée de Barcelonnette.*

A l'Etat dévouement complet.
Du devoir toujours être esclaves.
C'était en dix-huit cent dix-sept
La consigne des braves.

#### SAINT-ERNEST.

De leur zèle, de leur accord,
Donnant une marque éclatante;
C'est la même consigne encor
En dix-huit cent quarante.

**VIEUX-BOIS.**

Caresser un charmant objet,
Chanter, rire et boire à pleins verres;
C'était en dix-huit cent dix-sept
Le goût des militaires.

**SAINT-ERNEST.**

Quand ils trouvent un rouge bord
Ou bien une jeune innocente,
Ils ont les mêmes goûts encor
En dix-huit cent quarante.

**VIEUX-BOIS.**

Mourir sans crainte et sans regret,
Pour la France et sa renommée;
C'était en dix-huit cent dix-sept
Ce qu'aurait fait l'armée.

**SAINT-ERNEST.**

Voler au-devant de la mort
Pour voir la France triomphante;
C'est ce qu'elle ferait encor
En dix-huit cent quarante.

*( Nicole fait signe à Henriette de venir.)*

---

# SCENE XIV.

## LES MEMES, HENRIETTE.

**HENRIETTE,** *bas.*

Mon oncle, vous avez vu mon cousin l'officier?

**VIEUX-BOIS.**

Oui, oui, ma petite Henriette. ( *A part.* ) Mais ce pauvre diable qui est allé s'habiller…. Moi, qui l'avais flatté… L'eau lui est venue à la bouche…. Comment diable arranger tout cela ?

---

# SCENE XV.

## LES MEMES, DUMONT, *avec une mise du dernier goût de 1817.*

**DUMONT,** *fredonnant.*

Dans un délire extraordinaire,
Etc., etc.

### CHOEUR *de Richard.*

Ah! voyez donc, mes amis,
Comme il est mis!

*(Tous les parens se mettent à rire; Dumont reste au milieu de son air.)*

#### DUMONT, *étonné.*

Comment, comment, Messieurs!..... Qu'est-ce que mon habit a donc de ridicule ?.... Quand nous avons quitté Paris en 1817, c'était une fureur.... Bottes à la prussienne, habit à la russe, culotte à l'anglaise; c'était la tenue française, le bon genre.

#### SAINT-ERNEST.

Pardon, Monsieur, c'est qu'à Paris maintenant, le bon genre est de se mettre en français.

#### VIEUX-BOIS.

Allons, allons. (*A Dumont.*) Tu es très bien; mais ce n'est point de ton habit qu'il est question..... Je suis désolé, mon pauvre ami.....

---

# SCENE XVI ET DERNIÈRE.

## LES MEMES, HELOISE.

#### HÉLOÏSE.

Monsieur, Madame Carré se rend à votre invitation. (*Apercevant Dumont.*) Grand Dieu!

#### DUMONT.

Oh! ciel!

#### VIEUX-BOIS.

Qu'as-tu?

#### HENRIETTE.

Ma chère amie!

#### DUMONT.

C'est elle!

#### HÉLOÏSE.

C'est lui!

#### DUMONT.

Perfide Héloïse!

**HÉLOÏSE.**

Ingrat Dumont !

**CHŒUR.**

**AIR** *de Félix.*

Quoi , deux amans !            ( *bis.*)
Deux amans si long-temps ;    ( *bis.* )
Eh ! quoi , malgré l'usage,
   Fuyant le mariage ,
Deux amans si long-temps ,
Sont restés constans !

**VIEUX-BOIS , *à Dumont.***

Eh! mon ami! ton Héloïse n'a jamais cessé de t'aimer. En 1840 , toutes les femmes sont fidèles ; c'est un petit mal-entendu qui, heureusement pour tous deux, n'a duré que vingt-trois ans. Vous vous retrouvez plus dignes que jamais l'un de l'autre , et un bon mariage va finir votre roman.

**DUMONT , *aux genoux d'Héloïse.***

Ah! j'attends mon arrêt.

**HÉLOÏSE , *tendrement.***

Monstre! vous savez trop que je n'ai jamais su vous ré-sister.

**VIEUX-BOIS.**

*Vivat !* voilà tout le monde content.

**SAINT-ERNEST.**

Eh bien ! mon cher oncle, vous voyez que le monde ne mérite pas cette grande colère qui vous en avait exilé... Est-ce que vous n'y reviendrez pas avec vos enfans?

**VIEUX-BOIS.**

Si fait, corbleu! Je suis enchanté de tout ce que j'ai vu.....
Comment donc.....

**AIR** : *Il me faudra quitter l'empire.*

Les mères élèvent leurs filles ,
Les enfans sont doux et soumis ;
La paix règne dans les familles ,
Et les marchands vendent à juste prix.    ( *bis.*)
Au premier rang le talent seul vous porte ;
La bonne foi renaît dans tous les cœurs....
Mais la secousse a donc été bien forte
Pour arriver jusques aux procureurs.

C

Allons, allons nous mettre à table, et chanter le verre à
la main les prodiges de l'an de grâce 1840.

---

## *VAUDEVILLE.*

AIR : *Vaudeville de Au Feu !*

### GERMAIN.

Ah ! quel tableau voilà !
La douce perspective !
De ces changemens-là,
Si le sort ne nous prive,
Tôt ou tard il faudra
Que ce bon siècle arrive.
Qui vivra le verra.
Y n'faut qu'du temps pour ça.

### PRUDENT.

Malgré l'opinion
Qu'on a de ma science,
Vers la perfection,
La médecine avance.
Notre art s'agrandira,
Un peu de patience;
Personne ne mourra;
Y n'faut qu'du temps pour ça.

### LEDOUX.

Les maris plus heureux,
Seront moins débonnaires;
Tous les acteurs entr'eux
Ne seront plus en guerres;
L'auteur applaudira
L'œuvre de ses confrères;
Même il le prônera....
Y n'fant qu'du temps pour ça.

### DUMONT.

De l'amour à vingt ans
Je ressentis l'ivresse ;
Presqu'à tous les instans ,
Je parlais de tendresse.
Dans l'âge où me voilà ,
Les retours de jeunesse
Viennent par-ci , par-là ;
Y n'faut qu'du temps pour ça.

### HÉLOÏSE.

Si le temps contre nous
Chaque jour se déchaîne,
J'ai pour braver ses coups
La recette eertaine ;
L'eau de Ninon saura
Me rajeûnir sans peine ,
Mon printemps reviendra ;
Y n'faut qu'du temps peur ça.

### SAINT-ERNEST.

Plus d'un censeur nouveau,
Qui de pitié fait rire ,
Sur Voltaire et Rousseau
Lance mainte satyre.
De ces grands hommes-là ,
On détruira l'empire ,
Leur gloire passera ;
Y n'faut qu'du temps pour ça.

### VIEUX-BOIS.

A la conr on verra
Maint ami véritable ;
Le financier aura
De l'esprit..... hors de table.
La dévote sera
Discrète, charitable.
La coquette aimera....
Y n'faut qu'du temps pour ça.

**HENRIETTE**, *au Public.*

Je sais qu'on aimerait
De ces pièces saillantes,
Où l'esprit paraîtrait
Sous des couleurs brillantes.
On vous en donnera
De bonnes, de piquantes;
Messieurs, il en viendra;
Y n'faut qu'du temps pour ça.


## FIN.


Imprimerie PORTHMANN, rue Ste.-Anne, N°. 43.-